ÉPITRE

A MON COUSIN GREPPO

LES PETITES SOEURS DES PAUVRES

A LYON.

Prix : 30 centimes,

Au profit de l'Œuvre.

LYON

CHEZ TOUS LES LIBRAIRES.

1853.

LYON, IMPR. DE MOUGIN-RUSAND,
Rue Centrale, 67.

ÉPITRE

A MON COUSIN GREPPO

LES PETITES SOEURS DES PAUVRES
A LYON.

Je suis gonflé, cousin, il faut que je m'allége !
De mes épanchements toi qu'as le privilége,
Te pardonneras donc ce nouvel entretien
Où mon cœur va tout droit se verser dans le tien.
Pourtant, je te le dis tout de bon et sans rire,
Je m'avais bien promis de ne plus te récrire :
Prudemment j'en voulais rester sur mon clocher ;
Impossible jamais de plus haut me nicher !

Qu'ils sont vains les projets de la sagesse humaine !
Voilà que je repique et descends dans la plaine.
C'est si canant, vois-tu, d'épîtrer sans façon,
Sans trier en ses mots la farine du son !
Il ne faut qu'une plume ; et la rime empressée,
Cédant complaisamment au vœu de la pensée,
Toute seule du vers s'en vient prendre le bout ;
Si bien que sans effort, sans recherche surtout ,
Il arrive bientôt que, sur votre pupitre,
Votre papier tout blanc s'est noirci d'une épître.
Et pis, mieux que tout ça : lorsque, dans son cerveau ,
On se sent chapoter comme à coups de marteau ;
Qn'une idée y bondit; (car en vers comme en prose ,
L'écrivain doit avoir un but qu'il se propose) ;
Quand ce but là vraiment est avouable et bon ;
Quand à l'œuvre surtout on peut mêler ton nom ,
Et que de son lecteur on connaît l'indulgence,
Vite on se rabandonne à sa correspondance.
Je reprends donc la mienne, heureux de son objet,
Et demandant à Dieu de bénir mon projet.

T'es pas sans avoir vu la grand'Capucinière
Que se trouve là bas aux Brotteaux; en arrière
De la rase à poissons que fait ceinture aux forts ,
Tout proche Villeurbanne : Eh ben ! mon vieux, j'en sors,
(Quand je dis que j'en sors, te le comprends, de reste,
Contre le froc marron j'ai pas changé ma veste :

Il veut trop de mérite ; et , pour un tel honneur
Jamais ne fût créé ton cousin le rimeur.)
J'en sors tout ému d'une impression vive ,
Que ne peut rendre , hélas ! ma parole chétive.
Là , dans ce bâtiment encore inachevé ,
J'ai vu fait plus de bien que te n'en as rêvé :
Là , par la charité de quelques saintes filles ,
Cent cinquante vieillards, sans abris, sans familles ,
Conquis sur la voirie et conquis sur la faim ,
Ont retrouvé leur âme et retrouvé leur pain.
Mais je dois résister au torrent qui m'entraîne
Et remonter plus haut : la chose en vaut la peine.

En face Saint-Mâlo que baigne l'Océan
Est un petit endroit appelé Saint-Servan ,
On dit : *A Saint-Mâlo débarquez sans naufrage* :
Le vœu n'est pas de trop; car bien souvent l'orage
Gronde sur cette côte, et, dans leur gagne pain,
Les pêcheurs en grand nombre y rencontrent leur fin.
Aussi combien voit-on mendier sur ces rives
De femmes en haillons, pauvres veuves plaintives ?
A de telles douleurs, à de tels dénûmens ,
Deux filles, je devrais mieux dire, deux enfants
S'unissant, dans le bien, d'une vive tendresse ,
Jurèrent d'apporter l'appui de leur faiblesse.
Elles-mêmes vivant du travail de leurs mains,
C'était à défier tous les calculs humains ;

Mais on leur avait dit : (1)« La foi n'est jamais vaine
En Celui qui du gland sait susciter le chêne :
Dieu se complait dans l'humble ; et, quand on le comprend ,
C'est dans le plus petit qu'il paraît le plus grand. »

Une pauvre impotente, aveugle, octogénaire ,
Reçut les premiers soins du couple tutélaire ;
On faisait son ménage; on allumait son feu ;
On travaillait , la nuit, pour lui donner un peu.
Bientôt Jeanne JUGAN, créature angélique
Qu'attend de la vertu la palme académique ,
Par les desseins d'en haut fut mise en leur chemin.
Jeanne avait sa mansarde et son petit butin ;
Elle y reçoit l'aveugle et les deux jeunes filles ;
On met tout en commun, les cœurs et les aiguilles :
D'une autre vieille encor la famille s'accroit ,
Et le réduit de Jeanne est déjà trop étroit.
Ainsi la charité s'essayant goutte à goutte ,
De son fleuve sans rive allait traçant la route.

Dans une salle basse et qu'on loue à bas prix,
Douze lits sont placés et bientôt sont tous pris :

---

(1) M. l'abbé Lepailleur, alors vicaire à St-Servan, véritable fonda-
teur du nouvel Institut, dont il est aujourd'hui le supérieur général.

Mais comment soutenir douze pensionnaires
Pliant sous le fardeau des ans et des misères!
Elles ont bien le toit ; mais il leur faut le pain ;
Doivent-elles encor, toujours, tendant la main,
De leur abjection fatalement complices,
De la mendicité conserver tous les vices ?
Non, non : il faut qu'à Dieu l'on se donne en entier,
Et les *Petites Sœurs* iront bien mendier.

Jeanne prend son panier : mendiante sublime,
Sa bienfaisance ardente et l'inspire et l'anime ;
Rien ne la déconcerte et rien ne la retient ;
Partout elle demande, et partout elle obtient.
Ses compagnes, dès-lors, imitent son courage,
Et l'aumône, à jamais, devient leur apanage.
Saintes filles ! en vain se trouvent sur vos pas
Des sots prêts à railler les vertus qu'ils n'ont pas ;
Pour vos cœurs tout remplis de l'amour véritable,
Les bienfaits sont de bronze et les mépris de sable :
Patience ! Celui dont vous suivez la main
N'abandonna jamais au milieu du chemin.

Le nombre des vieillards ne cessant pas de croître,
Il faut bien s'agrandir : on achète un vieux cloître ;
On l'achète, cousin, et sans le premier sou.

Cet acte, vas-tu dire, est un acte de fou :
A s'en tenir aux lois de l'humaine prudence,
Certes, rien n'est plus vrai ; mais de la Providence
L'appui peut-il manquer ?... Les sœurs avaient raison :
On paya dans un an le prix de la maison
Qui se remplit encor du bas jusques au faîte,
Et, pour suffire à tout, on n'avait que la quête.
Il advint cependant, une certaine fois,
Que les *Petites Sœurs* fidèles à leurs lois,
De leurs hôtes ayant bien rempli les écuelles,
Un seul morceau de pain, un seul restait pour elles !
Comme elles bénissaient cet heureux dénûment,
Comme au ciel, en leur cœur, elles l'offraient gaiment,
Des coups précipités s'entendent à la porte ;
On ouvre : c'est quelqu'un qui du dehors apporte
D'amples provisions, et les *Petites Sœurs*
De rendre grâce à Dieu, si prompt en ses faveurs.

Te sais que bien souvent, pour faire son modeste,
On dit en gandinant : *Après vous, s'il en reste :*
Là ça se fait, cousin, mais ça ne se dit pas ;
Des bons vieux, avant tout, il faut que le repas
Soit toujours assuré, pour qu'à soi-même on pense,
Et qu'on ait droit au pain que l'aumône dispense.

Un pauvre survient-il, et manque-t-on de draps ?
Une sœur prend le sien, et sans plus d'embarras,

Du nouvel arrivant elle en garnit la couche ;
Tout ça, le cœur content , le sourire à la bouche ;
Car, faut bien te le dire, une aimable douceur
Est le signalement de la *Petite Sœur*.
Te sais, quand une plaie est sensible et profonde,
Comme il faut de souplesse à la main que la sonde ;
Or, les maux soulagés par ces filles du ciel
Sont les pires de tous : leur parole de miel,
A l'aigreur des esprits, aux blessures de l'âme,
Apporte incessamment son bienfaisant dictame.
Oh ! qu'un regard ami, qu'un mot consolateur,
Soulagent plus que l'or ! c'est l'aumône du cœur.
Non, donner n'est pas tout ; non, l'obole qu'on jette
En détournant les yeux, n'acquitte point la dette ;
Il faut, pour accomplir le précepte divin,
Qu'au pauvre qu'on assiste on tende aussi la main ;
C'est par là que de Dieu brillent ces messagères,
Et leur nom le dit bien : les pauvres sont leurs frères.

Te comprends trop, cousin, qu'après tant de bienfaits,
Saint-Servan, que cette œuvre illustre désormais,
Ne pouvait confisquer longtemps de tels mérites ;
Leur propre ambition ne les tenait point quittes.
Rennes, *Tours* et *Laval*, puis *Rouen* et *Bordeaux*,
Puis *Paris*, où la vie a de si lourds fardeaux,
Réclamèrent leurs soins : trente endroits, à cette heure,
Aux vieillards délaissés offrent une demeure.

Mais te me vois venir; et, dans l'addition,
Sûr que t'as deviné la place de *Lyon*.
Lyon, la ville au bien, *Lyon*, où tant l'on donne,
Devait de ce fleuron embellir sa couronne.

Sois tranquille, cousin, car voilà dix-huit mois
Que de leur dévoûment n'écoutant que la voix,
Deux de ces humbles sœurs à la peine intrépides,
Ont débarqué chez nous, le cœur plein, les mains vides :
De leur société c'est tout le capital.
Rien n'était prêt : l'on dut s'enquérir d'un local.
Enfin on en trouve un, *place des Bernardines* ;
Fallait, pour leur louer, comme bien t'imagines,
Que le propriétaire eût bonne intention,
Et qu'au *bau-de-loyer* la foi fût caution.

Bref, le premier décembre (ah ! pardon de la date
Qu'en raconteur fidèle il faut que je relate),
Les voilà que gaîment montent sur le plateau
Prendre possession : c'était pas un château.
Deux pauvres les suivaient ; c'est l'engrain nécessaire
Pour que l'aumône arrive et que l'œuvre prospère :
Sans toute sa farine on peut mettre en levain ;
Et Dieu semble approuver qu'on lui force la main.
Le panier fit son jeu : si bonne fût la quête,
Que d'un pauvre par jour assurant la conquête,

Avant le mois fini, grâce à la charité,
Vingt anciens jouissaient de l'hospitalité.
C'est qu'à Lyon, vois-tu, l'inépuisable aumône
Coule comme de source; autant dire le Rhône.

Faut pas croire, après ça, qu'on donne que d'argent :
Chacun peut en nature offrir son contingent.
On donne ce qu'on a quand le monaco manque :
Ah ! si t'avais d'hasard quelque billet de banque
Que te gênât par trop ; quand même il serait gras,
Il serait bien reçu : c'est pas là l'embarras.
Mais te saisis assez ce que je te veux dire,
Ne faut pas, par orgueil, que la main se retire :
Celui que, forcément, ne peut faire beaucoup,
N'est pas tenu pour ça de rien faire du tout.
Dans l'armoire on a ben de ci-devant chemises,
De pates en paquet qu'au rebut l'on a mises ;
Chacun dans le grenier a ben son puits-pelu,
Ou banc, ou chaise, ou table, ou meuble vermoulu.
Quels marchands n'ont donc pas, au fond de la boutique,
De ces vieux rossignols, effroi de la pratique,
Que restent sans défaite et ne font qu'embarras,
Toile, laine, coton, nids de vers et de rats ?
Et les marchés ! c'est là que, sans ouvrir la bourse,
On peut être pourtant d'une immense ressource.
A *Nantes,* à *Bordeaux,* à *Marseille,* à *Rouen,*
Pour les *Petites Sœurs* y règne un tel élan

Que, chacune à son jour, les dames de la halle,
D'herbages et de fruits leur font une grand'balle.
Sûr qu'avant peu, cousin, cette émulation
Se verra, comme ailleurs, aux marchés de Lyon.
Bouchers et boulangers peuvent faire l'offrande,
Qui de pains trop caffis, qui de débris de viande :
Pour les *Petites Sœurs* tout ça pourra servir,
Tant elles portent loin l'art de tout rajeunir !
Ici, de nos cafés c'est le marc économe
Qui leur tient en réserve un précieux arome ;
Là c'est le vieux crouton, réfractaire à la dent,
Qui dans leur pot mitonne et se change en fondant.

Le monde à leur appel ont répondu si vîte,
Que, la location devenant trop petite,
Il fallait acheter ou bâtir mêmement.
On a donc acheté l'immense bâtiment
Des pères Capucins : l'affaire est excellente ;
C'est un cadeau, ma foi ! presqu'autant qu'une vente ;
Et cependant, cousin, quand j'en ai su le prix,
J'ai senti le frisson dont te vas être pris.
Ça touche, à ce qu'on dit, les *cent cinquante mille* !
Payer un dû pareil est pas chose facile :
C'est vrai que pour solder on leur donne six ans ;
Mais les secours jamais seront-ils suffisants ?
Quand même qu'on pourrait appondre à cette somme,
A force de quêter ; sais-tu que ça consomme,

Cent cinquante vieillards à nourrir chaque jour,

Et cinquante que vont bientôt avoir leur tour,

Et les Petites Sœurs?.. Oh! pour que tout ça vive,

Soit vêtu, soit couché; pour qu'à bien tout arrive,

A plus pauvres que vous pauvres donnez encor;

Et vous riches surtout, de l'excès de votre or

Où trouver un emploi plus juste et plus utile?

Par vos dons, par vos legs, de ce pieux asile

Soutenez le présent, assurez l'avenir,

Et faites vous ainsi pardonner et bénir.

Déjà, bien de maisons de notre haut négoce

Qui pratiquent du bien le noble sacerdoce,

Et dont les noms connus honorent la cité,

Ont largement traduit leur libéralité.

Déjà, sans hésiter, la chambre'du commerce,

Dont l'ample bienfaisance à tout propos s'exerce ,

A voté mille écus comme premier secours :

Te sais qu'à l'ouvrier son généreux concours

Jamais n'a fait défaut dans les tems de détresse,

Et que *Lyon* lui doit sa caisse de vieillesse:

(C'est encor ça, cousin, que n'est pas du tout sot;

Peut-être quelque jour t'en toucherai-je un mot!)

En plus de mille francs dont elle a fait l'hommage,

La grande usine à gaz a fourni le chauffage ;

Les ponts de sur le Rhône ont fait la bonne part,

Et les agents de change ont point mis de retard.

L'hôpital a souscrit pour gros d'argent en drogues ;

Les avoués civils se sont pas montrés rogues;

Le *cercle des Terreaux*, surtout le *Club-Jockey*

De leurs billets de banque ont ouvert le paquet :

Les marchands de boissons, soustraits à l'exercice ,

Ont par un don fameux signalé leur comice.

Puis quelques corps d'état, *menuisiers, crocheteurs...*

Je n'en finirais pas de tous les bienfaiteurs :

Mais ce qu'il faut te dire, et t'y croiras sans peine;

C'est qu'en mettant, cousin , rien qu'un sou par semaine,

De simples apprentis, pour qui c'est plus qu'un franc ,

Pour approchant deux sacs sur la liste ont pris rang.

Surtout ne faut pas rien que j'omette la troupe

Du *Quarante-deuxième* et les cent parts de soupe

Qu'apportent chaque jour ses soldats triomphants...

Sois fier, ô mon pays, de si nobles enfants !

Malgré tant de sujets de juste confiance ,

Te te demanderas si de la bienfaisance

Telle sera l'ardeur et tels seront les soins,

Que l'on puisse égaler les secours aux besoins.

Comme moi-même aussi j'en exprimais le doute

A la *Petite Sœur* qui dirigeait ma route

Dans le local nouveau : « Monsieur, ne craignez rien,

Dit-elle , Dieu le sait et nous enverra bien

Tout ce qu'il nous faudra : voyez d'ici Fourvière. »
A ces mots, je sentis se mouiller ma paupière ;
Le doute disparut ; et je rentrai chez moi,
Emu de tant d'amour, d'espérance et de foi.

J. P.